CHATO Y LOS AMIGOS PACHANGUEROS

GARY SOTO
ILUSTRADO POR SUSAN GUEVARA
TRADUCIDO POR TERESA MLAWER

PUFFIN BOOKS

¡VAMOS DE PACHANGA!

PUFFIN BOOKS
Published by Penguin Group
Penguin Young Readers Group, 345 Hudson Street, New York, New York 10014, U.S.A.
First English-language edition published in the United States of America under the title *Chato and the Party Animals* by G. P. Putnam's Sons, a division of Penguin Putnam Books for Young Readers, 2000. This Spanish translation published by Puffin Books, a division of Penguin Young Readers Group, 2004

10 9 8 7 6 5 4 3 2 1

THE LIBRARY OF CONGRESS HAS CATALOGED THE PUTNAM EDITION AS FOLLOWS:
Soto, Gary. Chato and the party animals / by Gary Soto; illustrated by Susan Guevara. p. cm.
Summary: Chato decides to throw a "pachanga" for his friend Novio Boy, who has never had a birthday party.
ISBN: 0-399-23159-5 (hc)   [1. Cats—Fiction. 2. Parties—Fiction. 3. Birthdays—Fiction. 4. Los Angeles (Calif.)—Fiction.]   I. Guevara, Susan, ill. II. Title.   PZ7.S7242   Cj 2000   [E]—dc21   96-037501
Puffin Books ISBN 0-14-240033-5   Printed in the United States of America

Fiestero desde pequeño, Chato estaba encantado de asistir a la fiesta de cumpleaños de Chorizo. Los ratones vecinos habían invitado a todo el barrio. Jugaban a ponerle el rabo al gato, a los ratoncitos ciegos, y se divertían de lo lindo.

Hay Más Tiempo Que Vida
¡Feliz Cumpleaños, CHORIZO!

Para Mary Rose Ortega y las maestras de la escuela First Street Elementary —G.S.

Para los chicos de la frontera —S.G.

Mami ratón repartió galletitas de perro de aperitivo. Como Chato estaba muy bien educado, se metió un par en la boca.

—¿Te gustan? —le preguntó Chato en voz baja a Novio Boy.

—Se me va a partir un diente —respondió Novio Boy.

Chato se tragó las galletitas y olfateó el aire.

—¿Quién está cortando queso? —preguntó entusiasmado ante tan exquisito olor.

—Prueba un trocito —le dijo Papi ratón.

Chato se llenó la boca de queso, pero su amigo Novio Boy bajó la cabeza y dijo:

—No, gracias. No tengo apetito.

Tenía los ojos brillantes por las lágrimas.

—¿Qué te pasa? —le preguntó Chato a su amigo.

Novio Boy no contestó.

—Vamos, hombre, soy tu mejor amigo —imploró Chato.

—Siempre me siento así en las fiestas de cumpleaños —le dijo Novio Boy.

—¿Y por qué, compadre? —preguntó Chato.

—Salí de la gatera municipal —dijo Novio Boy con tristeza—. No sé cuándo nací. Nunca conocí a mi mami. Nunca tuve una fiesta de cumpleaños ni nada por el estilo.

Chato pasó la cola por los hombros de su amigo.

—No te preocupes, Novio Boy. ¿Qué importancia pueden tener unos globos, juegos, regalos y toda la leche que puedas beber?

Pero Chato comprendió que a Novio Boy sí le importaba. Su mejor amigo se fue a casa con el rabo entre las patas.

"Pobrecito. Todo el mundo debe tener su fiesta de cumpleaños"
—pensó Chato cuando llegó a la casa. "Le voy a hacer una fiesta
a mi carnal".

Chato llamó por teléfono a la panadería de Blanca. Encargó un
pastel con merengue color ratón y le pidió que le pusieran unos
canarios de adorno.

Chato se lamió las patas y llamó a todos sus amigos
para invitarlos a la panchanga.

Marcó el número de Sharkie, el músico:

—¡Amigo! —maulló Chato—. ¿Estás despierto?

—Ahora sí —respondió Sharkie.

—Mañana es el cumpleaños de Novio Boy
—dijo Chato—. Quiero que vengas y
toques música para recordar.

A la mañana siguiente, Chato hizo una piñata con papel de periódico y con una caja vacía de comida para gatos. Recogió el pastel y los regalos para los invitados: peines para las pulgas, collares con campanitas, ratones de cuerda e hilo a mitad de precio porque estaba todo enredado.

Después fue al mercado. Compró crema, galletitas para gatos, quesitos, bizcochitos para perros y una caja especial para los gatos, por si acaso.

De regreso a casa, Chato puso a cocinar los frijoles refritos, preparó guacamole con salsa, y dejó marcadas sus garras en la masa de la tortilla: su especialidad.

Llenó los globos con agua y
sacó el sofá al patio para que
todos pudieran saltar en él.

Escondió huesos para perros
en el jardín y roció el lugar
con esencia de menta.

—No te metas conmigo
—amenazó Chato a un perro
hinchable que colocó en el
jardín.

Más y Menos, los mellizos, fueron los primeros en llegar, seguidos
por Coquetón, Samba, Pelón y su hijo de tres meses, Peloncito.
Chorizo atravesó el patio con la familia de ratones sobre su lomo.
—¿Dónde está el homenajeado? —preguntó Chorizo.

Chato palideció.

—¡Oh, no! ¡Qué tonto! Me olvidé de invitarlo.

—¿Cómo que te olvidaste de invitarlo? —repitió Chorizo.

Chato asintió con la cabeza.

—Pues vamos a buscarlo ahora mismo —sugirió Chorizo.

Ladraron, maullaron y chillaron por todo el barrio. Otros gatos, perros y, por lo menos, tres ratones más se unieron al grupo. No había ni rastro de Novio Boy. No estaba en la higuera, ni en el tejado del garaje de la señora Ramírez, ni durmiendo la siesta sobre el guardafangos de un auto. . . — algunos de sus refugios favoritos. —Puede que se haya lastimado —dijo Chato, preocupado.

Buscaron en las zanjas por
si lo hubiesen aplastado
como una tortilla.

—Se fue —maulló Chato—.
Han secuestrado a mi carnal.

—¿Y si se ha perdido?
—dijo Sharkie.

—¡Secuestrado! ¡Perdido!
—lloraban, desconsolados,
Más y Menos.

De regreso en la casa de Chato, todos los animales se sentaron en el patio. Nadie tocó el pastel, los globos o el pastor alemán de plástico.

—Era tan bondadoso, tan dulce —dijo Sharkie.

—Lo mejor de lo mejor —dijo Chato, tragándose las lágrimas.

—También de dolor se canta

—Lo extraño mucho —dijo Samba con un suspiro.

—Recuerdo cuando nos posábamos en los árboles como si fuésemos pájaros —dijo Chato—. ¡Qué divertido!

—Siempre iba elegantemente vestido y además era muy cariñoso.

—¡Y valiente! —dijo Pelón—. En todas las peleas daba la cara por mí.

—Respetuoso —recordó Papi ratón—. Siempre me hacía sentir importante.

—Y sus ojos. . . —ronroneó Coquetón—. Eran maravillosos.

—No sé de qué vato hablan, pero es una pena que ya no esté aquí porque creo que me gustaría conocerlo.

Al escuchar su voz, todos los animales se dieron la vuelta.

—¡Novio Boy! —chilló Chato—.

¿No te secuestraron? ¿No estás muerto?

—¿Quién? ¿Muerto yo? Ni hablar —contestó Novio Boy—.
Estaba con estos vatos, de basurero en basurero, buscando comida.

Dos gatos flacos y bigotudos asomaron las cabezas por encima de la cerca.

—Les dije a estos cuates que debíamos mirar aquí —dijo Novio Boy—.
En casa de Chato siempre hay comida.

Chato se levantó de un salto y dio la señal:

—¡SORPRESA! —gritaron todos a la vez.

—¿Sorpresa? —preguntó Novio Boy.

—Hoy es tu cumpleaños —dijo Chato.

—No.

—Desde luego —gritó Chato—. Seguro que naciste el primer día del verano. Por eso, carnal, te gusta tanto jugar.

Novio Boy mostró una sonrisa de lado a lado.

—¡Bueno, pachangueros, todo el mundo a bailar! —gritó Sharkie.

Todos comieron y se divirtieron de lo lindo. Se tiraron los globos llenos de agua unos a los otros, teniendo cuidado de no dar en el blanco, porque sabían que mojarse la piel no era nada divertido.

Entonces Chorizo les enseñó a jugar a "Vamos al veterinario" y todos corrieron y gritaron a pleno pulmón.

—¡La piñata! —maulló Chato.
     Uno a uno trataron de romperla, pero fue
Novio Boy, en su tercer gran batacazo,
quien rompió la piñata con forma de pescado.

Después de cantar "Las Mañanitas", Novio Boy cortó el pastel, lamió el merengue de las patas de los canarios y, por último, abrió los regalos.

—Ésta es, sin lugar a duda, la mejor fiesta de cumpleaños en la que he estado —dijo Novio Boy.

—¿Mejor que saltar de basurero en basurero? —preguntó Chato.

—¡Pues claro! Ustedes son mi familia —dijo Novio Boy—. Y no hay otra igual.